PETITS OVVRAGES

ET

PRESENS DE VERS,

Faits à Meſſieurs de l'Academie Françoiſe.

DEDIEZ A EVX-MESMES
par l'Autheur.

A PARIS,

Chez ANDRE' CRAMOISY, ruë de la vieille-
Bouclerie, proche le Pont S. Michel, au
Sacrifice d'Abraham.

M. DC. LXXVII.
Avec Privilege du Roy.

EPISTRE.

NON seulement, MESSIEVRS, je vous dedie l'impreſſion de ces petits Ouvrages, mais je me voüe tout entier, avec beaucoup d'eſtime & de reſpect pour vous, à vôtre illuſtre Compagnie, pour y venir à mon tour, à la premiere ou la ſeconde promotion, (ſi Dieu me preſte aſſez de vie pour cela) ſous l'aveu & l'authorité du Grand Prince qui a bien voulu s'en rendre le Chef. Je ne diray pas que je fais ce vœu avec tout l'empreſſement qu'il eſt poſſible d'avoir pour obtenir cet avantage; mais je le fais du moins avec beaucoup de zele & de veritable envie de me voir parvenu à cet honneur avant ma mort. Me ſemblant que mon Nom, ſans ce Titre, quelque recommandable qu'il ſe puiſſe rendre d'ailleurs, n'aura jamais tout le luſtre qu'il doit avoir. Je fais en cela, MESSIEVRS, mon devoir, de vous témoigner mon deſir & mon ambition là deſſus, pour ſatisfaire aux loix que vous nous avez données, & j'eſpere que vous ferez le vôtre à vôtre tour pour ſatisfaire à mes vœux, quand vous ſerez en puiſſance d'en uſer ainſi, ſans faire de tort ny d'injuſtice à perſonne ; car tel pourroit meriter ce rang mieux que moy, à qui je le cede déja par avance. Je me fais un grand honneur d'eſtre de l'Academie ; mais je m'en fais encore un plus grand d'eſtre hômme juſte & raiſonnable. Au defaut d'autre merite plus éminent ; la ſeule choſe, MESSIEVRS, dont je vous puis aſſeurer, eſt que vous ne ſçauriez conferer le titre d'Academicien, à un homme qui ait plus de bonne volonté de s'en rendre digne, & qui ſoit plus que je ſuis,
Voſtre tres-humble & tres obeïſſant ſerviteur D.P.

AV LECTEVR.

Lis icy, comme aux beaux Esprits,
Souverains Juges des écrits,
S'exprima mon humble Requeste :
Quand receu d'un accueil honneste,
Auprés d'eux seance je pris.

    Autrefois tranquile en ma couche,
Et seul attentif à mon Art,
J'eus un peu la Vertu farouche,
Et plus qu'il ne faut, à l'écart
Je m'en fis une Estude à part.

    Ma Muse alors peu familiere
Avec les Sçavans d'aujourd'huy,
Marchoit sans guide, en Escoliere
De la puissance seculiere,
Qui ne luy fut d'aucun appuy.

    Telle, seule à soy, fut ma vie ;
Mais voila que sur mon retour,
Pour estre de la Compagnie,
Qui porte nom d'Academie,
Aux beaux Esprits je fais ma cour.

    Je veux avec eux dans le monde,
Si je puis me faire valoir ;
Et sous l'Esprit qui me seconde,
Et me permet de le vouloir,
J'espere atteindre à le pouvoir.

A MESSIEURS

DE L'ACADEMIE FRANCOISE.

J'AY éprouvé, MESSIEURS, par ma propre experience, que la conduite d'estre si liberal de ses propres ouvrages n'est pas la meilleure pour les faire estimer. Que c'est la reserve & la rareté qui en fait le prix, & que la plus grande faute que puisse faire un honneste Homme, qui fait profession d'écrire (quelque bien qu'il soit capable de s'en acquitter) est de faire imprimer soy-mesme & donner au Public ses écrits. Comme si n'estant pas content de la gloire qui suit la Vertu, comme sa recompense, jusqu'aprés la mort, il en vouloit jouïr & estre en possession de son vivant. Ie suis revenu presentement de cette espece de manie, & si je n'avois pour excuse l'occupation que je me suis voulu donner par là, dans un temps que je n'en avois plus d'ailleurs ; j'aurois peine à me laver d'avoir retracté par une seconde pensée celle de mon premier dessein, qui estoit (comme je l'ay dit, dés la premiere ligne qui a esté tirée de moy à l'impression) de ne laisser rien voir de mes œuvres qu'aprés ma mort. Iusques-là que je tiens que les écrits de Monsieur de Voiture, qui depuis la sienne ont esté si recherchez chez les Libraires, ne l'auroient pas tant esté de la moitié, si au lieu de moy qui luy ay pû rendre cet office de bonne grace, il avoit entrepris luy-mesme de son vivant de les donner au Public. Ie diray mesme qu'en cela il a eu une grande prerogative sur Monsieur de Balzac son Antagoniste. Quand l'un par l'impression de

ſes Lettres, ayant montré qu'il en faiſoit oſtentation, l'autre
en negligeant de faire paroiſtre les ſiennes, a témoigné qu'il
tiroit moins de vanité d'une choſe qu'il ſçavoit faire auſſi
bien, & meſme au jugement de quelques-uns, encore mieux
que luy. Mais je ne ſuis pas tout ſeul qui ay fait l'experience
de ce que je dis. Il y en a quelques autres de plus grand merite, qui l'ont faite auſſi bien que moy ; le trafic des Livres
n'eſt plus en uſage, ny pour honorer les Auteurs, ny pour
enrichir les Libraires: ils demeurent la pluſpart pour la priſée.
A tel point de mépris pour cette ſorte de marchandiſe, par-
ticulierement quand les Livres ſont d'éloges & de loüanges,
qu'il a fallu qu'un des celebres Ecrivains de noſtre temps, ſe
ſoit aviſé pour avoir bon debit des ſiens, de les compoſer de
Satyres, qu'il a effectivement mieux vendus pour ce ſujet, &
pour ce ſujet auſſi a pris une ſi grande vanité de ſes ouvrages,
qu'il a crû qu'il n'y avoit que les ſiens de bons, pource qu'ils
eſtoient les plus courus. Sans conſiderer que la matiere les faiſoit rechercher pour le moins autant que la forme, & que ces
ſortes d'ouvrages, qui brillent plus qu'ils n'edifient, & ſautent
d'abord aux yeux, plûtoſt qu'au jugement ; ſont des feux de
paille pour la memoire des Auteurs. Pour moy j'ay cet avantage dans ceux, qu'au haſard de ma reputation j'ay bien voulu
donner au Public, que ſi perſonne ne les a publiquement
loüez (comme la retribution demandoit, y ayant loüé preſ-
que tout le monde) perſonne ne les a auſſi publiquement blâ-
mez, ce que je veux interpreter à leur honneur, meſme qu'un
Cenſeur declaré de tous les ouvrages de ſon ſiecle, que je pre-
tens avoir attaqué en galant homme plûtoſt qu'en ennemy,
les ait épargnez, & ait eu une bonté pour eux qu'il n'a point
eu pour tous les autres. C'eſt dequoy je luy auray auſſi obli-
gation toute ma vie, & je n'oubliray jamais la faveur qu'il m'a

faire en cela. Pour revenir, MESSIEURS, il y a donc sujet de conclure de tout cecy, qu'il ne faut plus que les beaux esprits songent à se faire paroistre par l'impression de leurs ouvrages. Mais il n'y a pas lieu pour cela de dire que leurs plus rares productions doivent demeurer cachées, on les peut faire voir en manuscrit, & avoir des entretiens & des conferences dessus, mesme faire naistre des objections & des critiques volontaires, qui servent à exercer & fortifier les esprits, ce qui est proprement un fait academique. C'est le sujet pourquoy, MESSIEURS, ma Muse s'adresse aujourd'huy à vous, pour vous faire un present d'un costé, & une demande de l'autre, comme elle vous va expliquer, si vous luy voulez faire la grace de l'entendre.

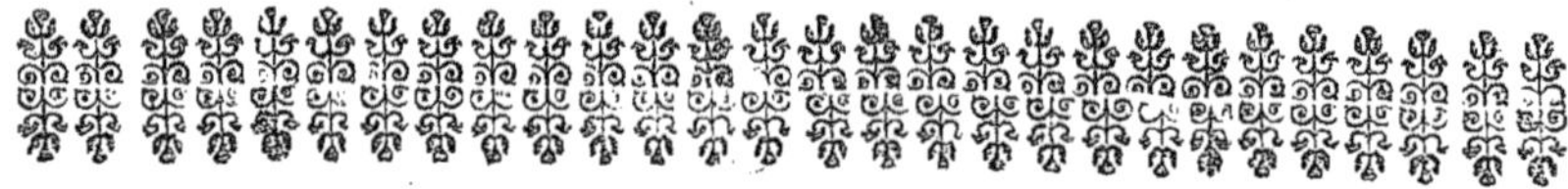

ODE.

TOUT ce que j'ay fait jusqu'icy,
N'est qu'essay, qu'effort, & qu'étude:
Que recherche en ma Solitude,
Du champ d'Honneur où me voicy.
J'ay voulu devant que m'y rendre,
Seul à ma façon tout entendre;
Seul vers les Astres m'élever,
Et là mes delices trouver,
Sans estre assisté de personne;
Mais d'un air nouveau je raisonne,
D'un penser, d'un esprit plus doux:

Et d'un vol pour moy profitable,
Ma Muſe aujourdhuy plus traitable,
S'y veut élever avec vous.

Si j'ay fait ſouvent des preſens
De mes Vers à l'Academie :
Et ſi luy donnant des encens,
J'ay voulu l'avoir pour amie.
Perſonne n'y doit heſiter,
A mes pas on a pû connoiſtre,
Que ce n'eſtoit point pour en eſtre,
Mais pluſtoſt pour le meriter.
Et m'approchant de bonne grace,
De ce nouveau Mont de Parnaſſe,
Qu'on m'a toujours veu reſpecter :
Eſtre mieux receu ſur ma trace,
De ſecond Chantre de ma race,
A la demande d'y monter.

Ie ne merite rien de moy,
Mais ſi le ſeul nom de Voiture,
Où je participe, a dequoy
Faire, pour moy de bon augure,
Chez vous quelque heureuſe figure.
Sous ce nom place j'y requiers ;
Ie ſuccederay volontiers,
Où de droit eut rang ſa perſonne,
Si voſtre cercle me l'ordonne,

Comme au chef de ses Heritiers,
Qui vous livray tous ses papiers,
Qu'aujourd'huy la France couronne.

Mais du mien (pour mieux meriter
D'entrer en vostre compagnie)
Je vous viens encore apporter,
Avant qu'ailleurs je le publie,
Vn Tableau digne d'agréer,
Et propre mesme à recréer;
Q'en me joüant avec Thalie
Son adresse m'a fait créer,
A la maniere plus polie,
Des plus grands Maistres d'Italie:
Où j'ay tâché de rencontrer,
Le secret long à penetrer,
De l'Art qui remet tout en vie,
Et qui fait que rien ne s'oublie.

I'y tâche, j'en ay le vouloir,
Et mon zele m'en sollicite:
Mais il faut de plus le pouvoir,
Et je suis encore à sçavoir,
Ce que la piece a de merite.
Si quand vous viendrez à la voir,
Vous la trouverez bien écrite.
Mais du seul Art ambitieux,
Sur tous les Arts industrieux,
Par qui la Vertu ressuscite;

Auquel ma naissance m'invite,
Ie l'ay faite tout de mon mieux.

A venir du zele à l'effet,
Chacun connoist quand il se sonde,
Que ce qui s'appelle parfait,
N'appartient qu'à Dieu seul au Monde.
Mais comme un fer courbe & tortu
Par le Forgeron, de la braise
Retiré chaud, & bien battu,
Redevient droit à la fournaise.
Ainsi sans m'épargner en rien,
M'examinant à quinze ou seize,
Reformez-moy je le veux bien.

Si de mesme à son entreprise,
Ma Muse s'est assez bien prise,
Rendez-luy d'un bienfait égal,
Iustice en vostre Tribunal.
Ne décriez point son ouvrage,
Flattez-la, donnez-luy courage ;
En vous j'auray de bons garens,
Si son œuvre a vostre suffrage,
De ses merites differens ;
Et j'aime mieux que sa fabrique,
Soit soumise à vostre critique,
Que la voir ailleurs sur les rangs,
Eprouver en glose rustique,
La critique des ignorans.

Que si quelque competiteur,
Aprés moy vient à la traverse,
Demander place comme Auteur,
Où chez vous Apollon converse.
Si party d'un bon fond d'esprit,
Il porte avec luy quelque écrit,
Qui pour estre approuvé du Monde
Mieux à vos suffrages réponde ;
Devant moy donnez-luy le pas,
Je consens à suivre en ce cas,
Et des neuf Sœurs où coule l'onde,
N'avoir que la place seconde.

Mais de ce Rival & de moy,
Soyez Iuges de bonne foy,
Comme en effet je vous tiens estre,
Ayant l'honneur de vous connoistre,
Depuis le moindre jusq'uau ROY.
Car si dessus vostre Parnasse,
Dont en droit j'implore la grace ;
Vn iour ie ne me voy monté,
Faute d'une iuste assistance :
Sous l'appuy de la Verité,
J'auray touiours de la Sentence
Appel à la Posterité.

REMERCIMENT.

VOS vœux vont droit à l'immortalité,
D'un si beau mouvement vostre Troupe ie loüe:
Les miens en font de mesme, en mon obscurité,
Quand voulant vers le Ciel m'élever de la boüe,
A vostre Troupe ie me voüe.

Pour parvenir à cet honneur,
I'augure bien de mon bonheur,
Et vous me permettrez que ie vous remercie,
De m'estre veu pour un moment,
Dont i'eus bien du ressentiment,
Assis en vostre Compagnie.

Les Rondeaux estant revenus en regne par le moyen de Monsieur de Benserade qui les a remis en credit. Messieurs de l'Academie trouveront bon que j'en mesle quelques-uns à cet Opuscule, que ma Muse m'a nouvellement inspirez, tant en leur faveur en general, qu'en la faveur particuliere de quelques-uns de leur corps, entr'autres de celuy qui a eu la hardiesse & le courage d'entreprendre de nous donner toutes les Metamorphoses en Rondeaux, ce qu'il n'a pas seulement entrepris, mais heureusement executé.

RONDEAVX.

RONDEAV
A Meſſieurs D. L.

IE viens à vous ſur la fin de mes jours,
Deffait d'emplois, brigues, charges, amours,
Et de tous ſoins ſous qui ſechent les Muſes;
Car le feu ſaint de leurs Graces infuſes,
S'éteint ſouvent au vent de ces détours.

Sobre en parler, & naïf en diſcours,
Simple en écrits, en mon art ſans ſecours,
Sçavant en foy, tres-ignorant en ruſes,
Je viens à vous.

A mes vœux donc ne deveneZ point ſours,
De mes ſouhaits laiſſez aller le cours,
Sans m'éconduire, & me payer d'excuſes:
Car l'eſprit plein d'images non confuſes,
Qui, comme tel, vous honoray toûjours,
Je viens à vous.

AVTRE

Aux mesmes.

IE suis usé de corps, par la vieillesse,
Mais non d'esprit, amy de gentillesse,
Non de gayté capable d'agrement ;
Et non de rime, & de raisonnement,
Où, de la Muse il faut montrer l'adresse.

Je resve aux jeux, resvant hors de la presse,
Le sein riant de Flore j'y caresse,
Où pour agir, de vigueur seulement
    Je suis usé.

Mais pour penser, & penser sans tristesse,
Pour mediter sans chagrin, sans molesse,
Jeune toûjours je suis également :
Toûjours, du jour l'Ame est mon élement,
Et du corps seul qui sous l'esprit s'affaisse,
    Je suis usé.

AVTRE
A M. L. F.

POVR *les neuf Sœurs à qui je fais ma cour,*
Et que je sers & la nuit & le jour,
Je suis toujours un amant tres-fidele;
Et j'ay d'un Mont (où leur Vertu m'appelle)
Un libre accés au lumineux contour.

J'aimay DAFNE´, *l'on le sceut à la Cour,*
Qui quelque temps me charmant à son tour
Par ses appas a balancé mon zele,
Pour les neuf Sœurs.

Mais vous voyez vers elles mon retour,
Leur Helicon m'attire à son sejour,
Son air me rit, & l'onde toujours belle
Qui coule là, de leur source immortelle,
Témoignez donc aux Sçavans, mon amour
Pour les neuf Sœurs.

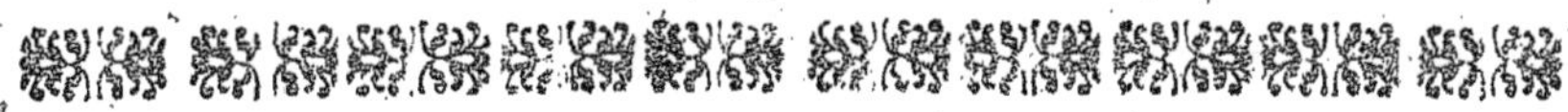

AVTRE

A M.C.

S AVLTER *d'un sault ambitieux,*
De la Terre au plus haut des Cieux,
J'osay par vous en temeraire:
Pour ce fait il est necessaire
A l'Esprit d'avoir de bons yeux.

Le public, non moins envieux
Qu'ingrat, à ce vol serieux,
Du Parnasse m'a pensé faire
Saulter.

Mais grace à l'art ingenieux
D'Apollon le plus beau des Dieux:
Grace au silence salutaire,
De qui sçait produire, & se taire;
Je n'ay reculé, que pour mieux
Saulter.

AVTRE.

A Monſieur P.

D'AMY, *comme on dit quelquefois,*
Il n'en eſt plus, ny de François,
Ny de Florentin, ny de Suiſſe :
De qui donc attendre un ſervice ?
Et ſur qui compter une voix ?

Je vous croy le mien toutefois,
Au beſoin je m'en apperçois,
Vous m'avez ſouvent fait office
    D'amy.

Meſme en ces obligeans octrois,
Tout ſeul vous en valez bien trois :
Et voyant, deſſous voſtre auſpice,
Tout à mes vœux eſtre propice,
Je me pique en vous, d'un bon choix
    D'amy.

B iij

AVTRE
A M. D. B.

TANT de Rondeaux tout seul vous enfantez,
Que de la poudre aux yeux vous nous jettez :
Ma Muse en vain, a long-temps fait la vaine
D'en avoir mis au monde une centaine,
Bien au delà le nombre vous portez.

Les changemens divers vous y chantez
Des animaux, & des Divinitez,
Pour qui tracer ne fut pas chose humaine
Tant de Rondeaux.

Rien que le champ d'autruy vous n'empruntez,
Où tant de vers en un corps vous mettez,
Qu'onq' on ne vit si sçavant Capitaine
Faire marcher avec ordre, & sans peine,
Sur Helicon dignes d'estre vantez,
Tant de Rondeaux.

AVTRE
Au mesme.

PERE *Rondeau quelqu'vn m'avoit nommé,*
Et comme tel pour fecond renommé ;
Mais ce beau titre il faut que je vous cede,
Vn Pere, en vous, à ma place fuccede,
De plus d'enfans au monde reclamé.

Sur le Parnaffe il en a tant femé,
Que fous luy, fait Officier reformé,
Je ne fuis plus, fans y voir de remede,
Pere Rondeau.

Par eux il a le beau fexe charmé,
Si contre luy le Palais eft armé,
La Cour pour luy vient foudain à fon aide :
Si qu'au meftier (de l'air qu'il y procede)
Seul il doit eftre en France proclamé
Pere Rondeau.

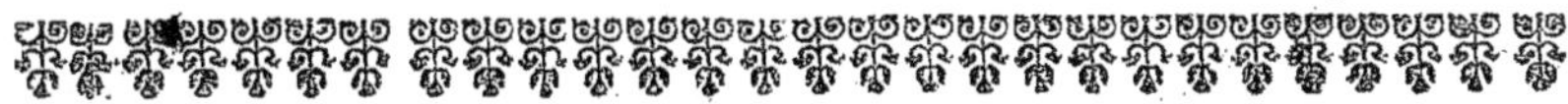

AVTRE.

Pour réponse à un Rondeau fait contre luy.

FAIRE *Rondeaux, Triolets, ou Balade,*
Fut de tout temps, depuis la Vertugade
VOITVRE, *en rimé égala bien* CLEMENT:
C'estoit un Maistre à parler proprement,
Et sans donner aux Muses l'estrapade.

D'autres encor' ont sans fausse tirade,
Sans colibets, sans équivoque fade,
Sçeu pleins d'adresse, & non sans agrément
    Faire Rondeaux.

Qu'entens-tu donc par ton mot de cascade?
Où fais tu voir (franc de Turlupinade)
D'un vray Rondeau le bel arrangement?
Toy qui n'en sçais ny l'art, ny l'element,
Moins appartient à Toy, qu'à BENSERADE
    Faire Rondeaux.

Autre

AVTRE
A M. D. P.

VIENNE *le Coq chanter sur le Parnasse,*
S'entremesler de ce que j'y pourchasse,
M'y traverser, m'y disputer le rang,
Et là par droit du merite, ou du sang,
En plus grand Clerc, m'exclure de ma place.

Je luy permets ; & soit qu'il ait l'audace
En y venant, de m'aborder en face,
Ou moins hardy de m'attaquer en flanc,
Vienne le Coq.

Il y viendra sans que le sang me glace,
Pour le trouver marchant sur mesme trace;
Quoy qu'à rimer, il se fasse tout blanc
De son sçavoir, du Collier s'il est franc,
Fondre sur moy d'un vol digne d'Horace,
Vienne le Coq.

C

AVTRE

A. R.

COMME le *Chef*, & le haut *Protecteur*,
D'un *Corps* formé de plus d'un bon *Autheur*,
Daignez, GRAND ROY, proteger vôtre *Chantre*:
Rire à fes vœux, & permettre qu'il entre
Où ne doit point entrer de faux *Docteur*.

Il n'eft rien moins ; n'eftant ny *detracteur*,
Ny de *Puiffans* un trop lâche flateur,
Quand des *Heros* il vous regarde au centre
Comme le *Chef*.

Son zele ardent de fa propre chaleur,
Fait affez haut fonner vôtre *Valeur*:
Quand du commun pour paffer fur le ventre,
Plein d'Apollon, il échappe à fon *Antre*,
Des fiens, pouffez d'obligeante fureur,
Comme le *Chef*.

AVTRE
A D.

SANS *vous*, DAFNE', *ma Venus* VRANIE,
Pleine de Grace, & de Gloire infinie,
Je ne puis rien ; vous estes mon support
Et mon aZile, & j'arrive à bon port,
Quand voſtre étoille à la mienne eſt unie.

Pour voler droit où l'honneur me convie,
Donnez-la moy pour guide à mon Envie,
Qui ne ſçauroit atteindre à ce beau ſort
Sans vous Dafné.

Faites aux Cieux que mon ame ravie,
Ne rempe plus à la Terre aſſervie :
Et des Vertus qui ſurmontent la Mort
Enflez mon Cœur, tant qu'il ſoit grand, & fort,
Car je ne puis rendre illuſtre ma Vie
Sans vous Dafné.

AVTRE

A. P.

RIEN *imprimer de tout ce que je fais,*
Prose ny vers, & ny bon, ny mauvais,
Je ne feray; par l'onde de Permesse,
PVBLIC, *icy je t'en fais ma promesse,*
Tu n'auras plus, rien de moy desormais.

De t'ennuyer j'épargneray les frais,
Je vais gouster le repos à longs traits,
Sans de mes Chants, faire plus sous la presse
Rien imprimer.

Si ce faisant j'accomplis tes souhais,
Moy-mesme encor plus je me satisfais :
De m'accoster des Libraires je cesse,
Et le mestier à qui voudra j'en laisse ;
Aprés cecy, je ne feray jamais
Rien imprimer.

MADRIGAL.

MA Muse je vous remercie,
De m'avoir découvert cette secrete Loy
Du divin Apollon, en qui j'ay de la Foy:
   Que je ne serois de ma vie,
   Bien aux bonnes Graces du Roy,
   Qu'en passant par l'Academie.
   Comme je n'ay point d'autre employ,
Et que c'est une Escole, où l'honneur me convie,
J'en seray volontiers, si l'on veut bien de moy.

Extrait du Privilege du Roy.

PAR grace & privilege du Roy, donné à Paris le 4. jour de Fevrier 1671. signé d'Alencé, il est permis au Sieur Estienne Martin, Escuyer, Sieur de Pinchesne, Con-trôlleur ancien & veteran de la Maison du Roy, de faire imprimer par tel Imprimeur ou Libraire qu'il voudra choi-sir, ses Oeuvres de Poësie tant Chrestiennes que autres, à une ou diverses fois, & en un ou plusieurs volumes, con-jointement ou separément, & en telle forme, marge & caracteres que bon luy semblera, pendant le temps & es-pace de cinq années, à compter du jour qu'elles seront achevées d'imprimer pour la premiere fois : Avec defenses à tous Imprimeurs, Libraires, & autres personnes de quel-que qualité & condition qu'elles soient, d'imprimer ou faire imprimer lesdites Oeuvres sans son consentement, sous les peines portées dans les Lettres dudit Privilege.

Achevé d'imprimer le 31. Mars 1677.